von:
für:

Einladung zum Selberlesen

Liebe Eltern,

Sie haben Ihrem Kind Bücher vorgelesen? Sehr gut. Sie werden dies auch weiterhin tun? Um so besser. Aber wenn Ihr Kind einmal hinter das Geheimnis der Buchstaben gekommen ist, will es auch selber lesen. Es möchte erleben, wie beim Lesen eine spannende, lustige oder traurige Geschichte in ihm entsteht. Das ist gar nicht so einfach. Es dauert lange, bis ein Kind gut und gern liest.

Was es am Anfang braucht?
Ein ganzes Buch, das zum Lesen verlockt.
Ein Buch, das es beim Lesen nicht überfordert.
Ein Buch
* mit kurzen Geschichten
* mit einer genügend großen Schrift
* mit kurzen, überschaubaren Zeilen
* in einer verständlichen Sprache
* mit Bildern, die helfen den Sinn zu erfassen.

Bücher, die diesen Anforderungen gerecht werden, fördern das Abenteuer Lesen und machen Lust aufs nächste Buch.

Prof. Dr. Manfred Wespel,
lesedidaktischer Berater des
KÄNGURU-Programms

Die Leseinsel

14 starke
Freundschaftsgeschichten

arsEdition

Die Deutsche Bibliothek – CIP-Einheitsaufnahme

Die Leseinsel : 14 starke Freundschaftsgeschichten. -
München : Ars-Ed., 2000
(Känguru : Erste Geschichten zum Selberlesen)
ISBN 3-7607-3823-0

Lesedidaktische Beratung: Prof. Dr. Manfred Wespel

Gedruckt auf umweltfreundlichem Papier ohne Chlorbleiche

Ausstattung und Herstellung: arsEdition, München
Titelbild: Dagmar Henze
Titelvignette: Carola Holland
Einbandkonzeption: Ralph Bittner
Druck und Bindung: Westermann Druck Zwickau GmbH
Printed in Germany · ISBN 3-7607-3823-0

Inhalt

Zwei Paar Entenschuhe

Die Mädchen und Jungen
der Klasse 2b
stehen aufgeregt auf dem Schulhof.

Heute wird der Zaun bemalt.
Jede Klasse darf malen,
was sie will.
Und die 2b fängt an.

Die Lehrerin sagt
zu Verena und Cornelia:
„Ihr zwei
könnt da hinten anfangen.“
Die Mädchen
schauen sich böse an.
„Nein“, sagt Cornelia laut,
„Mit der male ich nicht!“
Verena schaut wütend zu Boden.

„Und warum nicht?“,
staunt die Lehrerin.
„Ihr seid doch Freundinnen.“

Cornelia schüttelt den Kopf.
„Verena hat gesagt,
dass ich blöd bin.“
Verena verteidigt sich:
„Und Cornelia hat gesagt,
dass ich Entenschuhe habe.“

Cornelia kichert.
„Stimmt ja auch.
Gelbe Quietsche-Entenschuhe!“

Die Lehrerin lächelt:
„Aber das ist doch schön.
Verenas Schuhe sind genauso gelb
wie die Farbe hier im Eimer.“

Sie gibt den Mädchen
vier kleine Farbeimer
und dicke Pinsel.

Verena und Cornelia
tragen alles
zum Ende des Zauns.
Mürrisch beobachten sie,
wie die anderen Kinder malen.

Endlich öffnet Verena
die Farbeimer.
Sie malt
einen grünen Himmel,
eine blaue Wiese
und rote Bäume.

Cornelia mault:
„Was soll das denn sein?
Du nimmst ja ganz falsche Farben.“
Verena zuckt mit den Schultern.
„Na und?
Mir gefällt das.“
„Mir aber nicht!“,
schimpft Cornelia.

Wütend geht Verena
auf Cornelia zu:
„Dann mal doch selbst was!“
Cornelia taucht einen Pinsel
tief in die gelbe Farbe.
„Das mach ich auch!“,
sagt sie.
„Ich male eine Riesensonne.
Und die ist gelb!“

Mit großen Kreisen
malt Cornelia ihre Sonne
an den grünen Himmel.
Nun lässt sie den Pinsel sinken
und betrachtet zufrieden das Bild.

Verena lacht
und zeigt auf Cornelias Schuhe.
Die weißen Turnschuhe
sind über und über
mit gelber Farbe bekleckert.

Schon will Cornelia
wieder losschimpfen.
Dann muss auch sie
plötzlich lachen.
„Macht nichts“,
kichert sie und sagt:
„Dann haben wir jetzt eben
beide Entenschuhe.“

Jana und Nils

Jana heißt Jana.
Das gefällt ihr.
Aber sie heißt
auch noch Schaf,
Jana Schaf.

Das gefällt ihr
gar nicht.

Die Kinder in ihrer Klasse
lachen sie aus.
Wenn Jana kommt,
rufen sie: „Määäh!“

Der dicke Max sagt:
„Jana, das dumme Schaf!“
Jana sagt nichts.
Sie ärgert sich bloß.

Am Montag kommt ein Neuer
in Janas Klasse.
Er heißt Nils,
Nils Terlinden.
Das ist ein schöner Name.
Keiner lacht.

Die Lehrerin
setzt Nils
auf den Platz neben Jana.
Nils sieht nett aus!,
denkt Jana.

625 : 5 = 1
5
12
325

Dann haben sie Rechnen.
Jana geht an die Tafel.
Sie macht alles richtig.

„Toll!“, flüstert Nils,
als sie zurückkommt.
„Ich kann das noch nicht.“

„Soll ich dir helfen?“,
flüstert Jana zurück.
Nils nickt und lacht.

In der Pause gehen sie
zusammen auf den Schulhof.

Der dicke Max saust vorbei
und ruft: „Määäh!
Jana Schaf und Nils Hammel!“
Nils sagt:
„Ich heiße nicht Hammel!“

„Nee“, ruft Max,
„aber Jana heißt Schaf!
Jana, das dumme Schaf!“

Nils schaut Jana an.
Jana wird rot.
Nils sagt:
„Was für ein Blödmann!
Wer so was sagt,
muss selbst
ganz schön dumm sein.“

Nach der Schule
gehen Jana und Nils
zusammen nach Hause.
Hand in Hand!

Herr Kleiner in Not

Seltsam,
denkt Detektivin Laura Lupe.
Herr Kleiner hat
den Briefkasten nicht geleert.
Gestern nicht.
Und heute auch nicht.

Herr Kleiner wohnt im dritten Stock.
Er ist schon sehr alt.
Jeden Tag
steht er auf dem Balkon.
Er schaut den Kindern
beim Spielen zu.

Doch gestern
war er nicht auf dem Balkon.
Und heute auch nicht.

Da stimmt was nicht,
denkt Detektivin Laura Lupe.
Sie klingelt bei Herrn Kleiner.
Einmal. Zweimal. Dreimal.
Aber nichts geschieht.

„Hallo, Herr Kleiner,
ich bin es, Laura Lupe“,
ruft sie.
Doch Herr Kleiner öffnet nicht.

Da rennt Laura Lupe
zum Hausmeister.
„Bitte kommen Sie sofort.
Herr Kleiner öffnet nicht“,
sagt Laura Lupe.

„Vielleicht ist er verreist“,
sagt der Hausmeister.
„Ist er nicht.
Das hätte er mir erzählt“,
sagt Laura Lupe.

Jetzt fährt der Hausmeister
mit ihr
in den dritten Stock.
Er öffnet Herrn Kleiners Wohnung
mit seinem Schlüssel.

Herr Kleiner liegt
auf dem Sofa in der Stube.
Er sieht krank aus.
„Keine Sorge,
es ist nur eine Grippe.
Aber ich bin so schwach.
Ich kann kaum aufstehen“,
flüstert er.

„Das brauchen Sie auch nicht.
Ich kaufe für Sie ein“,
sagt Laura Lupe.
„Und meine Frau und ich
sind auch noch da“,
brummt der Hausmeister.

Eine Freundin für Flocke

Dina hat ein Pony bekommen.
Es heißt Flocke.
Flocke ist sehr hübsch.

Dina pflegt sie gut.
Sie füttert Flocke,
striegelt sie
und mistet den Stall aus.
Das Pony darf auch oft
auf die Weide.

Manchmal steht Flocke
traurig da
und lässt den Kopf hängen.

Dina macht sich Sorgen.
„Ob Flocke krank ist?“
„Vielleicht ist sie einsam“,
antwortet Papa.
„Ponys sind nicht gern allein.“

Dina überlegt.
„Dann kaufen wir eben
noch ein Pony.“

„Das geht nicht“,
sagt Papa.

„Du weißt ja,
wie viel Flocke kostet.
Das Futter jeden Monat
und manchmal muss
der Tierarzt kommen.“

Dina nickt.
Zwei Ponys sind zu teuer.
Aber was kann Dina tun?
Flocke soll doch nicht
traurig sein!

Da hat Papa eine Idee.
Er verrät nichts.
Abends telefoniert er.

Als Dina am nächsten Tag
aus der Schule kommt,
rennt sie gleich zur Weide.
Flocke ist nicht mehr allein.
Wer steht da neben ihr?

„Das ist Inge“,
sagt Papa.
„Das ist ja eine Ziege!“,
ruft Dina erstaunt.

Können Ponys und Ziegen
Freunde werden?
Flocke und Inge stehen
dicht beieinander.
Heute sieht Flocke
fröhlich aus.

Inge meckert laut.
Dina gibt beiden
eine Hand voll Gras.

„Na?“, fragt Papa.
„Was meinst du?“
Dina hat
ein ganz warmes Gefühl
im Bauch.
„Ich glaube,
die mögen sich.“

Gurkenkicker

Atze und Sven
wählen Mannschaften.
Oliver und ein Neuer
bleiben übrig.

Oliver wird immer
erst am Schluss gewählt.
Er spielt
nicht besonders gut Fußball.
Die anderen nennen ihn
einen Gurkenkicker.

Aber als Verteidiger
ist Oliver trotzdem
ganz brauchbar.

„Wie heißt du?“,
fragt Sven den Neuen.
„Florian.“
„Spielst du gut?“
„Weiß nicht“, sagt Florian.
„Stürmer oder Verteidiger?“,
fragt Atze.
„Weiß nicht“, sagt Florian.
„Ich nehme Oliver“, sagt Sven.

Atze nimmt murrend den Neuen.
Er schickt ihn
als Stürmer nach vorne.
„Das ist dein Mann, kapiert?",
sagt Sven zu Oliver.

Oliver stellt sich
neben den Neuen
um ihn zu decken.

Kaum hat das Spiel begonnen,
kommt der Ball
auf die beiden zu.
Florian fängt den Ball
mit den Händen.

„Wir spielen Fußball,
du Pfeife“,
schnauzt Atze Florian an.
„Tut mir leid“, sagt Florian.

„Mach dir nichts daraus“,
raunt Oliver ihm zu.
Dann führt er
den Freistoß aus.
Der Ball geht ins Aus.

Oliver und Florian werden
kaum noch angespielt.
Sie haben viel Zeit
um sich zu unterhalten.

Als Atzes Mannschaft
fünf Tore im Rückstand ist,
gibt Atze auf.
„Mit so einer Gurke
kann man ja nicht gewinnen“,
meckert er
und geht nach Hause.

„Du“, sagt Florian zu Oliver.
„Kickst du morgen mit mir?“
„Ich?“, fragt Oliver erstaunt.
„Ja“, sagt Florian.
„Du spielst so gut.“
Das hat noch
keiner zu Oliver
gesagt.

Und vom nächsten Tag an
üben die beiden.
Schießen, stoppen
und Pässe schlagen.
Bald sagt keiner mehr,
dass sie Gurkenkicker sind!

Schneezauber

„Letztes Jahr konnten wir
im Dezember schon rodeln“,
sagt Doris.

„Und wir haben einen
Schneemann gebaut“,
sagt Nina.

„Und die Schneeballschlacht
gegen die Jungen
gewonnen“,
sagt Julia.

Die drei Freundinnen
sitzen in Julias Zimmer
und gucken aus dem Fenster.
Der Himmel ist grau.
Es regnet.

Vorgestern haben sie
Monopoly gespielt.
Gestern
Mensch, ärgere dich nicht!

Heute haben sie
keine Lust mehr,
drinnen zu spielen.

„Ich hab mal einen Film
über Indianer gesehen“,
sagt Julia.
„Die haben
einen Regentanz gemacht.
Und danach hat es
wirklich geregnet.“

„Hier regnet es
doch auch so“,
sagt Doris.

„Aber wir könnten
einen Schneetanz machen“,
schlägt Julia vor.

„Au ja!“, ruft Nina begeistert.
„Wir malen uns an und tanzen
um euren Kirschbaum!“

Die drei gehen ins Bad.
Mit der Schminke
von Julias Mama
bemalen sie ihre Gesichter
wie die Indianer.

Dann ziehen sie Jacken
und Stiefel an.
Sie schnappen sich
ihre Regenschirme
und rennen nach draußen.

Sie hopsen und tanzen
um den Kirschbaum.
Dabei drehen sie wild
ihre bunten Regenschirme
und schreien:

„Oh weh, oh weh, oh weh!
Wann gibt es endlich Schnee?
Der größte Wunsch von uns dreien:
Es soll schneien,
schneien, schneien!“

Am nächsten Morgen
ist tatsächlich alles weiß.
„Juhu! Es hat geschneit!“,
ruft Julia.
„Jetzt können wir endlich rodeln!“

Indianer kennen
wirklich gute Tricks!

Die kleine Oma

Max macht einen Ausflug
mit der Klasse.
Oma bringt ihn zum Bus.
Max drückt Omas Hand.
Er freut sich.

Max mag seine Lehrerin.
Er mag Paul und Clara.
Das sind seine Freunde.
Und er mag Ausflüge.

Gleich sind sie am Bus.
Max sieht schon
die anderen Kinder.

Da lässt Max Omas Hand los.
„Du kannst jetzt gehen“,
flüstert er.
„Aber warum?“,
fragt Oma.

„Weil du so klein bist.
Und weil du immer
einen Rock anhast.
Claras Oma hat bunte Hosen an.
Und sie hat
einen Pferdeschwanz.
Das ist toll."
Max geht alleine weiter.

Oma schüttelt den Kopf.
Sie ist traurig.
Aber Max rennt schnell
zu den anderen.

Clara läuft Max entgegen.
„Hallo, Max!“, ruft sie.
„Warum geht
deine Oma denn schon?“
Sie rennt hinter Max’ Oma her.

„Hallo, Frau Schulze!“
Max’ Oma bleibt stehen.
Clara nimmt sie an der Hand.
Sie zieht sie mit sich zurück.

„Sie müssen meiner Oma erklären,
wie Ihre Kekse gehen“,
sagt sie.
„Deshalb habe ich
auf Sie gewartet!“
Da kommt auch Max wieder.
Ganz langsam.

Er schaut seine Oma an
und nimmt ihre Hand.
„Du kannst eben gut
Kekse backen.
Und Claras Oma
hat dafür bunte Hosen an“,
flüstert Max.
„Und sie hat
einen Pferdeschwanz“,
sagt Oma und zwinkert Max zu.

Geheime Wünsche

Daniel wünscht sich
zu Weihnachten:
ein Fahrrad,
eine Mütze mit Schirm,
eine neue Lokomotive
für seine Eisenbahn
und ein spannendes Buch.

Diese Wünsche
hat Daniel schon auf
seinen Wunschzettel
geschrieben.

Aber er hat
noch einen Wunsch,
einen ganz geheimen.
Er möchte so stark sein
wie Lars Meier.

Lars ärgert immer alle.
Aber niemand wehrt sich,
weil Lars so stark ist.

Wenn Daniel nur
mehr Muskeln hätte!
Dann würde er
Lars schon zeigen,
dass er nicht immer
alle ärgern darf.

Daniel fragt seinen Papa:
„Wie kann ich
so stark werden wie du?“

Papa antwortet:
„Sport treiben,
Milch trinken,
jeden Tag Gewichte stemmen!“

Daniel fängt sofort an.
Er macht Liegestütze.

Er stemmt seine Rollschuhe
in die Luft.
Und er trinkt jetzt immer
seine Milch aus.

Am nächsten Montag
kommt Lars Meier
mit einem Gipsarm
in die Schule.

Er ist beim Rodeln
gestürzt.
Er hat sich
den Arm gebrochen.

Auf einmal ist Lars
gar nicht mehr so gemein.
Jetzt ist er
auch nicht stärker
als die anderen Kinder.
Im Gegenteil.

Alle müssen ihm
jetzt helfen,
sagt die Lehrerin.

Einmal trägt Daniel
sogar die Schultasche
für Lars nach Hause.
Und dann spielen sie
noch zusammen.

Aber Daniel
will immer noch
so stark werden
wie Lars.

Deshalb übt er
trotzdem
jeden Tag.

Der Geburtstag

Flora sitzt am Küchentisch.
Sie übt hexen.
Sie will alte Hüte
in Hexentorte
verwandeln.

Das ist schwierig.
Zuerst werden
aus den Hüten
harte Semmeln
und dann Spinat mit Spiegelei. Brrr!

Max sitzt
auf der Gardinenstange
und krächzt aus vollem Hals.

„Kannst du nicht leiser singen?“,
fragt Flora.
Max krächzt weiter.

Flora verhext die Hüte
in welke Salatköpfe.
„Du nervst!“,
knurrt sie.
Max krächzt weiter.

„Jetzt halt endlich
mal den Schnabel,
du Schreihals!“,
schreit Flora.
„Hast du etwa
Schreihals gesagt?“,
fragt Max wütend.

„Genau“, brüllt Flora.
„Schrecklicher Schreihals!“

„Du verstehst
überhaupt nichts
von Musik!“,
krächzt Max.

Beleidigt flattert er
auf und davon.

Jetzt ist es ruhig
in der Küche.
Flora will Hexentorte hexen.
Aber sie denkt an Max.
Aus den Hüten
werden Kürbisse.

Flora seufzt.
Wo ist Max bloß hingeflogen?

Am Abend ist Max
immer noch nicht zurück.
Und die Hüte sind
immer noch Hüte.

„Morgen ist mein Geburtstag“,
denkt Flora traurig.
„Aber ohne Max
und ohne Torte
bleibe ich lieber im Bett.“

Auch am Morgen ist Max
nirgends zu sehen.
Flora zieht sich die Decke
über den Kopf.

Da hört sie Stimmen im Garten.
Sie schlurft zur Tür.

Draußen stehen
die anderen Hexen.
Sie tragen eine große Hexentorte.

„Hast du nicht heute Geburtstag?“,
fragt die Moorhexe.

„Stimmt“, sagt Flora.
„Aber habt ihr Max gesehen?
Seit gestern ist er verschwunden!“

Doch niemand hat
den Raben gesehen.
Und ohne Max schmeckt
die beste Torte nicht.

Auf einmal krächzt es
oben im Baum.
Da sitzt Max
mit einem ganzen Raben-Orchester.

„Zum Geburtstag viel Glück“
singt er. Und:
„Ich küsse Ihre Hand, Madame.“

„Schaurig-schön!“,
grummelt die Wurzelhexe.
Da singt Max als Zugabe:
„Ein Freund, ein guter Freund ...“

„Oh, Max!“, jubelt Flora.
„Ich sage auch nie mehr
Schreihals zu dir.“
Max grinst.

Nina traut sich

Endlich große Pause.
Nina spielt Fangen
mit den anderen aus der 1b.
Aber sie passt nicht auf.
Dauernd schaut sie zu Janek.

Er steht allein
in einer Ecke an der Wand.
Nina muss immer wieder
zu ihm hinsehen.
Es gefällt ihr nicht,
wenn einer so allein ist.

Gestern wollte Nina schon
zu Janek gehen.
Sie hat sich nur nicht getraut.
Heute will sie mutig sein.
Janek soll mitspielen!

„Ich muss mal eben weg“,
ruft Nina den anderen zu.
„Ich komme gleich wieder!“

Und schon steuert sie
in Janeks Richtung.
Was sie sagen will,
weiß sie noch nicht.

Janek schaut ihr entgegen.
Er lächelt nicht.
Er sagt nichts.

Ein paar Schritte vor ihm
bleibt Nina stehen.
In ihrem Hals wird es eng.
Aber sie macht einfach
den Mund auf.

„Spielst du mit Fangen?“,
fragt sie.

„Warum?“,
fragt Janek
und verzieht keine Miene.

„Weils Spaß macht“,
sagt Nina.
Mehr fällt ihr nicht ein.

Janek sagt auch nichts mehr.
Beide stehen stumm und steif
wie zwei Zaunlatten voreinander.

Nach einer Weile zwinkert Nina
heftig mit den Augen.
Die Sonne blendet sie.
Janek fängt an zu grinsen.

Jetzt macht Nina schnell
einen großen Schritt
und boxt ihn ganz leicht
in den Bauch.
„Du bist dran“,
sagt sie und dreht sich um
und läuft los.

Einen Moment später hört sie
Janeks Schritte hinter sich.
Da läuft Nina so schnell
wie sie kann.

Gute Freunde

Früher hatte Maik
immer Angst
im Dunkeln.
Aber eines Tages darf Billi
bei ihm übernachten.

Billi findet
es schön im Dunkeln.

„Wegen der Schatten“,
sagt sie.
„Das sind meine Freunde.
Zu Hause, in meinem Zimmer,
habe ich
einen ganz dicken Schatten.
Einen Mann.

Der sitzt neben dem Schrank.
Das Licht von der Straße
scheint in mein Zimmer.
Deshalb sitzt er da“,
erklärt sie Maik.

„Und der dicke Mann passt
auf mich auf,
während ich schlafe.
Wenn ich nicht schlafen kann,
singe ich ihm etwas vor.“

„Ehrlich?“, fragt Maik.
„Klar doch“, antwortet Billi.

„Wusstest du denn nicht,
dass die Schatten
über unseren Schlaf wachen?“

Maik wusste es nicht.
Aber Billi ist sich ganz sicher.
Sie weiß das von ihrem Opa.

„Meinst du,
es gibt auch einen Schatten,
der auf mich aufpasst?“,
fragt Maik.
„Klar“, antwortet Billi.

Maik setzt sich auf
und sieht sich um.
Das hat er sich früher
nie getraut im Dunkeln.

„Guck mal,
da neben der Tür“,
sagt er ganz aufgeregt.
„Da ist ein Schatten.“

„Prima“, antwortet Billi.
„Ich wusste es doch.“
Maik sieht sich
seinen Schatten genau an.

„Du“, sagt er dann,
„ich glaube,
mein Schatten ist eine Frau.
Die hat einen Busen.“

„Schön“, murmelt Billi.
Sie schläft schon halb.
Maik legt sich wieder hin.
Er guckt noch einmal
zu seiner Schattenfrau.
Dann macht er die Augen zu.

Wer sitzt neben Julia?

„Das ist Julia“,
sagt die Lehrerin.
„Sie kommt neu
in unsere Klasse.“

Julia nickt und
schwenkt eine große Tüte.
„Ich habe jedem
etwas mitgebracht“,
ruft sie.
Alle klatschen und schreien.

Die Lehrerin ruft:
„Nicht jetzt.
Jetzt haben wir Unterricht.
Die Süßigkeiten kannst du
in der Pause verteilen.

Wer will neben Julia sitzen?“
Wieder schreien alle: „Ich!“
Nur Tom sagt nichts.

„Wo willst du sitzen, Julia?“,
fragt die Lehrerin.
„Dahinten“, antwortet Julia.
Sie zeigt auf Tom.

„Kennt ihr euch?“,
fragt die Lehrerin erstaunt.
„Nein“, antwortet Julia.
„Na gut“, sagt die Lehrerin.
„Der Platz neben Tom
ist noch frei.
Da muss ich
niemanden umsetzen.“

In der Pause verteilt Julia
ihre Süßigkeiten.
Alle stehen um sie herum.
Nur Tom nicht.
Julia geht zu ihm.

„Was ist los?“, fragt sie.
„Nichts“, antwortet Tom.
„Warum wolltest du nicht
neben mir sitzen?“,
fragt Julia weiter.
„Wollte ich doch“,
sagt Tom.
„Stimmt nicht“, sagt Julia.

Tom denkt nach und sagt:
„Ich fand es blöd,
dass die anderen
so geschrien haben.
Nur wegen der Süßigkeiten.“

Jetzt denkt Julia nach.
„Ich hab das nur gemacht,
weil ich Angst hatte“,
erklärt sie.
„Wovor?“, fragt Tom.
„Dass mich niemand mag.
Weil ich doch keinen kenne“,
antwortet Julia.

Daran hat Tom nicht gedacht.
Aber das kann er verstehen.
Eigentlich ist Julia sehr nett.
Auch ohne Süßigkeiten.
Das sagt er ihr.

Julia lacht ihn an und fragt:
„Willst du trotzdem welche?“
Sie hält ihm die Tüte hin.

Tom lacht zurück.
Dann greift er
tief in die Tüte.

Zwei dicke Freunde

Nele und Opa spielen Karten.
Dazu essen sie Kekse
und trinken Kakao.

Nele und Opa trinken Kakao
aus den guten Tassen
mit Blümchen.

Oma hat gesagt:
„Nehmt lieber
die alten Becher!“
Doch Nele und Opa
wollten unbedingt
die guten Tassen mit Blümchen.
„Dann passt aber auf!“,
hat Oma gesagt.

Jetzt spielen Nele und Opa
das dritte Spiel.
Opa hat
schon zweimal gewonnen.

Aber diesmal gewinnt Nele.
Sie jubelt vor Freude.
Sie wirft die Arme hoch
und reckt ihre Fäuste.
„Gewonnen! Gewonnen!“,
ruft Nele.

Auweia!
Mit einer Hand stößt sie
ihre Tasse vom Tisch.

Bums! Schepper! Klirr!
Die gute Tasse mit Blümchen
ist nur noch
ein Häufchen Scherben.

Nele wird blass.
Sie schaut Opa an.
Opa sagt nichts.

Oma hat etwas gehört.
Sie stürzt herein.
Sie sieht die Scherben
und holt tief Luft.

Da sagt Opa schnell:
„Ich bin ein Schussel.
Tut mir sehr Leid,
was mir da passiert ist.“

Nele öffnet den Mund.
Doch Opa zwinkert ihr zu.
Oma seufzt.
Sie schaut
von einem zum andern.
Lächelt sie etwa?

Na, jedenfalls sagt sie:
„Zwei so dicke Freunde
halten zusammen.
Das ist mir schon klar.“

Das Blaumonster

Auf einmal ist es da.
Es sitzt zwischen
Janas Kuscheltieren
auf dem Regal.
Blau und strubbelig,
nicht größer
als ein Tannenzapfen.

Jana rennt ans Telefon
und ruft Alex an.
Alex ist Monster-Experte.
Er kommt sofort,
um das kleine Wesen
anzuschauen.

„Hm“, meint Alex schließlich,
„es gehört sicher
zu den Blaumonstern.
Die ernähren sich
von blauer Tinte.“

Sofort holt Jana
eine Tinten-Patrone.
Das kleine Monster
schnappt sich die Patrone,
beißt ein Stück ab
und schlürft
die Tinte heraus.

Mit jedem Schluck
wird es ein bisschen blauer.
Als das Blaumonster satt ist,
lächelt es zufrieden
und schmiegt sich
an Janas Hand.

„Blaumonster
sind sehr anhänglich“,
sagt Alex.
„Wenn es sich wohl fühlt,
wird es immer
hinter dir herlaufen.“

Das merkt Jana schon
am selben Abend.
Das kleine Monster kriecht zu ihr
unter die Bettdecke
und kuschelt sich an.

Am nächsten Morgen
zieht Jana ihre weite Hose an.
Die mit den Beintaschen.
Da kann sich
das Blaumonster verstecken.

Aber Jana denkt nicht daran,
dass das Blaumonster
vor der Schule noch
frühstücken muss.

In der Schule
riecht es wunderbar
nach Tinte.
Das Blaumonster
wird ganz zappelig
in Janas Hosentasche.

Endlich kann es herausspringen.
Blitzschnell flitzt es
nach vorn zum Pult
und stürzt sich
auf das Notizbuch
von Janas Lehrer.

Wort für Wort
saugt das Blaumonster
die Tinte vom Papier,
bis alle Seiten leer sind.
Nun leuchten
seine Strubbelhaare
wieder tiefblau.

Janas Lehrer muss sich
erst mal setzen.

„Ohne meine Notizen
kann ich
keine Zeugnisse schreiben“,
sagt er fassungslos.

Da drückt das Blaumonster
ihm einen dicken Tintenkuss
auf die Backe und sagt:
„Dann schreibst du einfach
für jedes Kind
eine schöne
Geschichte.“

Hier findest du die Bücher, aus denen die Geschichten für diesen Sammelband entnommen wurden:

Zwei Paar Entenschuhe

ISBN 3-7607-3782-X

Jana und Nils
Zwei dicke Freunde

ISBN 3-7607-3774-9

Herr Kleiner in Not

ISBN 3-7607-3762-5

Eine Freundin für Flocke

ISBN 3-7607-3761-7

Gurkenkicker

ISBN 3-7607-3738-2

Schneezauber

ISBN 3-7607-3770-6

Die kleine Oma

ISBN 3-7607-3737-4

Geheime Wünsche

ISBN 3-7607-3750-1

Der Geburtstag

ISBN 3-7607-3797-8

Nina traut sich

ISBN 3-7607-3783-8

Gute Freunde

ISBN 3-7607-3760-9

Wer sitzt neben Julia?

ISBN 3-7607-3736-0

Das Blaumonster

ISBN 3-7607-3820-6

Taschenquiz

Das praktische Quiz für die Hosentasche: unverwechselbar mit der großen farbigen Spirale und mehr als 400 spannenden Fragen und verblüffenden Antworten.

ISBN 3-7607-**5655-7**

ISBN 3-7607-**5558-5**

ISBN 3-7607-**5559-3**

ISBN 3-7607-**5496-1**

ISBN 3-7607-**5574-7**

ISBN 3-7607-**5524-0**

ISBN 3-7607-**5560-7**

ISBN 3-7607-**5495-3**

Ob allein oder
zu zweit oder
in der Gruppe –
das Taschenquiz mit
den starken Cartoons
kann überall und
jederzeit gespielt werden.
Immer nach dem Motto:
Keine Lust auf Langeweile!

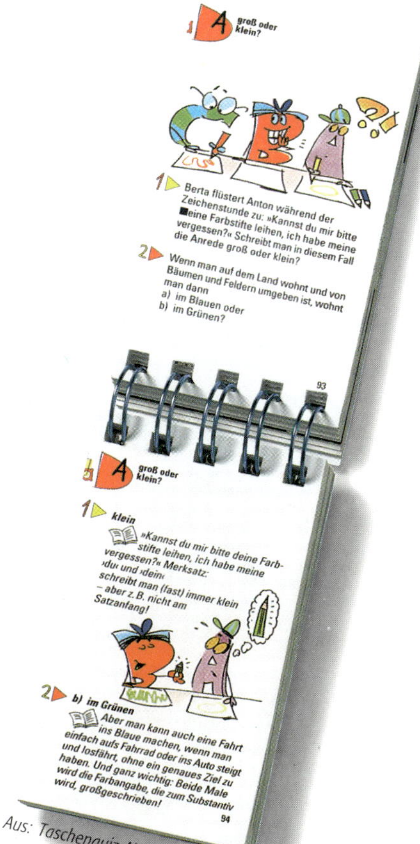

Aus: Taschenquiz Neue Rechtschreibung

Jedes Taschenquiz:
144 S. / 6,5 x 13,5 cm
Spiralbindung
DM 12,90
öS 94,00 / sFr 12,40

ISBN 3-7607-**5665-4**

ISBN 3-7607-**5654-9**

ISBN 3-7607-**5666-2**

ISBN 3-7607-**5446-5**

KÄNGURU Lesestufen-Modell

So macht Lesenlernen richtig Spaß – mit Büchern, die auf die unterschiedlichen Lernphasen zugeschnitten sind: 4 Lernschritte, 4 Buch-Reihen.

»Kinder werden dann zu begeisterten Lesern, wenn Buch und Leseentwicklung zusammenpassen.«

Prof. Dr. Manfred Wespel, lesedidaktischer Berater des KÄNGURU-Programms

»Bildergeschichten zum Lesenlernen«

2. Lesestufe ab 6 Jahre

- eine abgeschlossene Geschichte in Bildern
- lustige und abenteuerliche Handlung
- großes Format
- gut lesbare Fibelschrift

»Mit Bildern lesen lernen«

1. Lesestufe ab 5 Jahre

- kurze lustige Geschichten mit einfachem Text
- Bilder ersetzen Hauptwörter
- sehr große Fibelschrift
- fünf doppelseitige Suchbilder

»Leseabenteuer in Farbe«

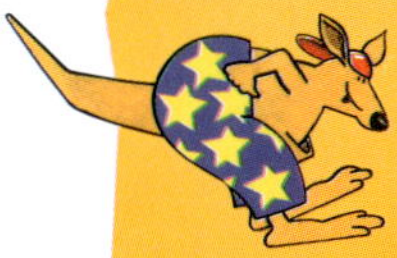

4. Lesestufe ab 8 Jahre

- jeweils eine längere spannende Geschichte
- viele farbige Illustrationen
- große, leicht lesbare Fibelschrift

»Erste Geschichten zum Selberlesen«

3. Lesestufe ab 7 Jahre

- mehrere kurze Geschichten zu einem Thema
- klare Textgliederung als Lesehilfe
- große Fibelschrift
- viele farbige Illustrationen

Abc